찰랑찰랑

찰랑찰랑

발행일	2020년 3월 6일

지은이	김영환		
펴낸이	손형국		
펴낸곳	(주)북랩		
편집인	선일영	편집	강대건, 최예은, 최승헌, 김경무, 이예ㅈ
디자인	이현수, 한수희, 김민하, 김윤주, 허지혜	제작	박기성, 황동현, 구성우, 장홍석
마케팅	김회란, 박진관, 조하라, 장은별		
출판등록	2004. 12. 1(제2012-000051호)		
주소	서울특별시 금천구 가산디지털 1로 168, 우림라이온스밸리 B동 B113~114호, C동 B101ㅎ		
홈페이지	www.book.co.kr		
전화번호	(02)2026-5777	팩스	(02)2026-5747

ISBN	979-11-6539-113-3 03810 (종이책)	979-11-6539-114-0 05810 (전자책)

(주)북랩 성공출판의 파트너

북랩 홈페이지와 패밀리 사이트에서 다양한 출판 솔루션을 만나 보세요!

홈페이지 book.co.kr · **블로그** blog.naver.com/essaybook · **출판문의** book@book.co.kr

김영환 시집

찰랑
찰랑

북랩 book Lab

서문

외양간서 밟혀 나와
재인 짚풀이 있었어요.

그 위에 일상으로 드나들며
보태온 뒷간 오름 눈금을 퍼붓고
삼태기 가득이 아궁이 재를
끼얹어선 한철 곰삭혔습니다.

그런 집거름을 밥 삼아
쥔내 발소릴 찬 삼아 자란
푸성귀에 소금 간만 했습니다.

향 짙고 단내 나는
다른 고급 양념들은
어디서 구하는지, 얼마나 넣는지,
있기나 한 건지를 모르기도 하구요.

찰
랑
찰
랑

맛이 어째 슴슴하고
좋은 재료 버려났다구요.
괜한 입맛만 버리셨다구요.

없는 솜씨인 줄
알면서 혼자 먹으려고
누구도 몰래 버무려 봤습니다.

제 입맛엔 그냥저냥
씹어 삼킬 정도는 되네요.
저라도 해치워야죠.

다 일어선 밥상머리 차고앉아
잔해로 남겨지고 밀쳐진 것들을
놋숟갈로 쓱쓱 훔쳐 코 아래
시커먼 아궁이로 지펴 넣던
저세상 어매와 같이 말이죠.

찰랑찰랑

오늘 하루
다른 맛난 것으로
살맛 나는 하루이길 기도합니다.

맏이 신도시 산본
수리산 도립공원 아래서

차례

찰랑찰랑

강폭 가득 다진
오름 수위 마침내
살랑이는 바람결에
찰랑대며 보를 넘는다

언제 한 번
휘파람 속에
흘러넘쳐 봤으면

마른 바닥
한 번 흥건하게
적셔라도 봤으면

한방

꿈이었다
분위기 흠씬한 카페
머신과 머그잔, 사각 포스

감빛 조명 은근하게 밝힌
너댓 테이블의 아담한 실내
노란 해바라기 액자 벽 아래로
귀 기울여 비로소 들리는 선율

끈질긴 생명력의
정적만이 오래더니

머신과 머그잔
부동자세로 선 포스도
지친 한 인물 곁에 놓인
정물화의 오브제였을 뿐

찰랑찰랑

건물과 가로수

어어
저건 아닌데

한철만에
내 키를 넘네

훌쩍 웃자라
여유로 여물어가는
대나무 등속인가 여겼더니

치받길 멈추자
이내 늙어가네
우두커니

플로우

버렸던 혹한의 칼날들
낮은 다릿발 아래서
떠밀리고 있었어
나흘 후가 입춘이래
푸른 서슬로 위세 하던
바람의 처소도 바뀌었어
가림 없는 햇살을 타고
더딘 바람이 스쳐 갔어
더는 차갑지 않은

찰랑찰랑

한탄강에서

다행이었다.
강물은 얼지 않았고, 축제는 지났으나
강폭을 가로지르거나 물길 따라 흐르는
부교는 철거 전이었다.

태봉대교서 잠시 상류로 오르니 직탕 폭포다.
마침 너르게 펼쳐진 강폭을 고르게 채워 한꺼번에
입수한다.
떠도는 사진으로 본 것과는 사뭇 다르다.
다운 샷 유리 앵글에서 숨겨져 있던
투명한 속살이 수줍게 반긴다.

다시 강물을 타고 내린다.
곳곳에 놓인 부교 위를 두 발로 노 저어
물살에 앞서거니 뒤서거니 아래로 흐른다.

발 아랜 물이요
양 편은 벽이다.
시커먼 벽은 캔버스요
부조이고 암각이며 조소였다.

얼추 십년 전 덕수궁 담벼락 길
대법원 자리 미술관에서의 고흐 전시회가
떠올랐다. 행렬 긴 꼬리 끝자락으로 이끌려
들어 벽에 걸린 원작을 대할 때의 감흥이
되살아났다가 눈사태로 사라졌다.

찰
랑
찰
랑

경험해 보지 못했던 눈사태였다.
양편 검은 직벽이 무너져내려 눈 속으로 빨려들
었다.
직탕 폭포에서 순담 계곡에 이르기까지 매 순간.

진화인지 창조인지는 중요치 않다.
굽이쳐 연이어 마주하는
박물관의 연대별 전시실.

지나는 화랑 벽에 더는 걸 수 없게
내 걸린 산수화, 수묵화, 풍경화 그리고
비구상화와 추상화, 벽벽화화.

가소롭다. 고흐가
부끄럽다. 그때 뛰던 가슴이

조물주께서 그 이름값으로 이 세상 만물을
작품으로 빚어 내놓으셨고, 인간 고흐도 조물주의
한 작품이었으니 그의 작품이란 고작 조물주의
이차저작물이나 패러디일 뿐이리라.
어찌 조물주의 원작인 한탄강 벽화에
견줄 수 있단 말인가.

그때도 겨울이었고 추웠다.
기만 원의 관람료였고 입장을
위해 한데서 한참을 떨었다.

이곳 한탄강에서
그때를 한탄하며

찰랑찰랑

석간수

여정은 여의치 않았으리
보슬한 흙의 포근함에 스며
잠시 한 몸으로 머물기도
향기로 엉킨 삼투 유혹에
곁의 사라짐을 곁눈질하기도
갈 길 가로막은 담담한 바위
그 속으로 흥건히 들었다가
기어코 몽글몽글 솟아나
이제사 도착했다며

또르르 똑똑
또르르 똑똑

말갛게 우려낸 내림의 여정
동그랗게 키워내더니
돌 목탁을 두드려
노크를 한다

하얀 나무

시이소오 이웃에 둘러선
서어나무는 잎이 눈이다
숱한 푸른 눈들의 곁눈질

내내 궁금하던
서어나무 까치발로
뿌연 창 안을 비집는다

저 종자는
지독한 별종이네
콘크리트 슬라브에
발뿌리를 내렸구냐

찰랑찰랑

일력

뒷간으로 찢겨 난 자리엔
반듯한 자폭 습자지 가득
통통한 몸집으로 들어선
아라비아 영구네 두 식구
거두절미의 오롯한 오늘
공평배분된 이력의 한 줌

삐끗

재주 있는 놈이
늦도록 불 밝힐 때

재주 있는 놈이
재수도 따를 때

반반한 애가
인사성도 밝을 때

공 잘 차는 놈이
공인 듯 책 다룰 때

헐한 것이
질기고 오래갈 때

뭣도 모르는 게
잠자코 있을 때

찰랑찰랑

로드킬

궁금했어
배가 고프기도 했고
두 눈 밝혀 밤새 쏘다니며
간간이 큰 울음도 울어대는
저들은 대체 어떤 놈들인지
저 먼저 내려간 이웃 산
무리는 아닌지 해서
숱한 망설임과 두려움의
교차로를 건넌 밤이었지
이파리도 가지도 없이
각 잡고 버티고 선
낯선 거목 숲을 지나
밝은 곳으로 향하는 순간
거대한 눈불 그놈이
들이닥친 거야
순간이었어

중력 또는 부력

선착장 시멘트 길을
밟혀 금 갈까 조바심인지
발바닥에 가시가 박혔는지
조심스레 한 발씩 디디던
그네에게 몸 굽혀 묻는다
찬찬히 고개 들어
빙긋한 미소로 받는다
뭍보다 물이 편하다우
물속에선 날아다녀
검정 전신의 상괭이
먼 시선 파랑 수면으로
매끈한 등짝을 내민다

찰랑찰랑

덕택으로

스크린도어에 이어
전동차 칸문이 벙긋한다.
내리는 이 하나 없다.
가득한 원망의 눈망울들에
노도의 대열이 밀려든다.
없는 틈새를 비집는다.
되레 튕겨난다.
내심 다음을 기약하며
뒷걸음질로 물러선 순간
앞뒤로 울퉁불퉁한
스판 원피스 아줌씨
애교 섞인 기합 소리 날리며
철벽 스크럼을 향해 깨져라
혼신의 몸 투척을 한다.
어라! 뒤가 비었다.
살짝 발을 올린다.

참 선 수행

입성 고운 산으로 솟게 하고
뿌리 내려 대지를 보전하며
바람과 새들 쉬어가라 하네

비집고 나선
그 자리에 버텨 서서
무상의 삼라만상엔
애써 무심한 듯
허구하니 수행
정진이구려

참 선 그대
진즉에
해탈일랑
하셨겠쥬

찰랑찰랑

화근

이 맛에 산다
이 멋으로 산다
이 멋꼬!

찰
랑
찰
랑

육자배기

민물에서는
삼자 붕어가 월척으로
추앙을 받고,

바다에선
감성돔 육자라면
그 자리에서 대를 걷지요.

오늘 육자로
몸을 길게 늘여
출근한 첫날이네요.

시골 마실 지나는 길에
예를 받던 어르신들이
우리 갑장이었더랴.

내, 외로 어르신답게
그리 살아가야지
생각다가도

그렇게 살 수 있을까?

세월 갈수록
애들 버릇없는 건
참을 수 있겠건만,
과속에 가속 페달을
눌러대는 세월호 운행에
몸 가누기가 쉽지 않구려.

평균 수명이 늘었고
구구팔팔 백세청년 등등의
사망 결승선 목전의 느림보 주자들
땜에 우리 젊은 줄 착각치 말지어다.

찰
랑
찰
랑

솔찬히 묵었다.
쌩큐 쏘 마치.
천지신명이시여.

몇 해 전부터 너댓 살 위의
그이가 만날 때마다 하던 말,

지금 죽어도 호상이데이

장수반열에 든
육일년 신축생
육자배기들이여
자축하자!

찰랑찰랑

로켓배송

제원과 좌표를 찍어주세요
팡팡쿠팡 바로 날려드립죠

가로와 동네 골목엔
地對地 로켓 운반체들
건지렁이 곁 개미떼로
분주하지요

에구머니나,
오발 났네요.
애먼 점방이 날아갔네요.

신형 로켓은 탄착점
먼 곳의 상가와 장마당으로
살상반경을 넓히기도 한데요.

棟 현관 앞
분리수거 터엔
겹으로 벗기워진
탄 박스와 탄창에 탄피들이
재활용 고지를 점령했네요.

발품 동행의 치맛자락을 잡고
칭얼대던 코흘리개였을 테지요.
짐짓 현관 앞을 머뭇대는
짐진 저 이도.

찰랑찰랑

식수

흙 마당 한가운데서
바지랑대 흠씬 하게
물매를 맞고 섰다

고공의 각개 약진들
착지의 낙하산을 펼친다

이젠,
수평의 진격이다

이웃 내린 대원들
우듬지서 모여들고
둥치서 대대적으로
연대해선 사달의 세로
울 밖으로 밀치고 나간다

한 그루

심어 놓곤

찰랑찰랑

전송

손을 흔드네

청춘을 떠나보내고
돌아 숨 돌릴 새도 없이
막 중년을 전송했네

기별 없어
전별 없이 떠난
시절 인연도 많았으리

혼자가 아니었음을
손 흔들며 알게도 되었지

하릴없이 이어지는
전송 행렬의 후미
어디쯤일 거라
생각 드네

이별하며 살고 있네
세상을 전송할
그날까지

찰랑찰랑

참깨들깨 달음박질

눈꽃 진 자리
새순 돋더니
다스운 한철 햇살에
물컹뭉실 환하게 영글었네

떠가는 구름
바람을 일깨우고
구름 거슬러 달이 흐르네

깊은 산중
큰 바위 아래
밤을 건너는 실 빛줄기

그 빛 속
두서없이 두른 돌 틈에
가부좌로 맞선 무른 돌

한 치 앞 바위처럼
깔고 앉은 반석같이
야물게 영글어 무심해질
변성의 한 철이 있기나 한 건지

찰랑찰랑

오만그물네

장 골목 막바지 좌판
볼 붉은 그녀는
오만그물네

서툰 물질에 물 먹고
겨우 건져 낸 성게멍게
저물도록 떠날 줄 몰랐었지

얼어 부치는 비탈밭에선
파마늘 고추양파 갖은양념에
알타리 포기배추가 한가득 버무려지고

밭 너머
깎은 산자락엔
벌통 담장을 둘렀구려

큰오래비 장만해 준
거우발동선을 몰고 나가
엊저녁 새벽그물을 올리면
문어 가자미 메가리 고등어
드문드문 물 위로 떠오른다네

뭍 물 안 가리고
오만데 때만데
그물을 놓는
오만그물네

찰랑찰랑

해암

바람이 분다
파도가 친다

저리 휘감아
때린 델 또 때리면
모퉁이 저편 모래알로
깨지고 바스러질 게야

아니야
잘 보래매
미련스런 밀려듦이
튕겨 포말로 으깨져
차오르는 통증의 적립을

이거이

바로 바다가

멍 푸르고 짠 이유라네

찰
랑
찰
랑

다도해

이천을 지나
삼천 고지를 향하는
고도화의 고산 증세로
낮아진 비등점에서
수이 끓어오르고

마른 세간 탓에
발화점마저 낮아져
스치는 눈길만으로도
쌍심지에 불꽃이 피어나고

벌린 양팔
손끝으로 몰려든
극성스런 양 극성으로
어쩌다 마주친 손바닥에선
파란 스파크가 일지요

물울타리 두른
인화성 섬과 섬들이
빼곡하게 박힌
다도해

찰랑찰랑

경계인

하오 아홉시 사십오분
예행연습 겸 큰 용기 낸
1호선 천안행 5번 칸 경로석

떡 허니 버텨 앉아
입을 풀고 있던 얼추
동년배의 두 여인네에겐
때맞춰 굴러든 비석돌이었다

시선 집중
불감당 지경이다
당장 어느 놈을 불러야 하나

섬마을 노부부

해가 진다
먼바다에 선단으로
정박 중인 구름 속으로
홍시 해가 툭 떨어져
제 몸을 감춘다
한 때 한낮의 해로
쨍쨍하기두 했지
함께 산 게 오십삼 년이구먼
저 지는 해 같소이다
숨게도 숨는구먼
깜빡 지네요

찰랑찰랑

실화(實話)

컴컴한 굴속
왜 쑥과 마늘이었을까
가장 쓰고 가장 매운
쑥갓인 양 먹었을 마늘쌈
왜 곰만이 변신을 했을까
그 백일은 겨울 한철이었을까
매운맛 쓴맛 기억이 아득한
속속들이 방구석 구신들
되돌아간 신화(神話)

출근길

민머리 누렇게 뜬
콩나물이었다가
터진 옆구리로
쏟아진 콩이었다가
모래시계 목을
조이는 모래알이었다가
컨베이어 무한궤도 위에
얹힌 수하물이었다가
잘 익은 파김치가 되어
지상의 출구를 나선다
사각 명함 지닌 환갑
이 아침이 좋다
머잖은 훗날

찰랑찰랑

지하철 2호선

뒤엉킨 스침이
붉은 담장 안
혀를 달군다

아들놈이
조딴 아가씰
데려오면 어쩌나

딸아이 시애미
심보가 저치로
먹빛이면 어쩔까나

웃돈으로
걱정 만 원이 얹힌
이만 원 출근길

가을

시간이 없다

산과 들엔
산들바람 분다
한해살이 코스모스가 붉다

찰랑찰랑

은수골 불 밝은 밤에

막다른 은수골에
전기가 이사를 오던 날
다섯 남매 바리바리 들어선다
막내딸 냉장고 들여 각진
아이스크림 잔뜩 쟁이며
아부지 원 없이 드시라 한다
첫째 사우는 세탁기 코드와
씨름이 한창인디
할미새 할미는
볼록 보단을 꾹꾹 쪼아대며
조바심에 안달의 타박이다
이불 빨래가 먼저란다
발 달린 흙덩어리 할애비
혼잣말인 듯 들으라는 듯
밤늦게까지 일하게 생겼구먼
전기세 벌어야지 라며
곱게 빗겨 물 먹인 짚을 들인다

부부

아귀가 맞지 않는
문과 문틀

여닫으며
마주칠 때마다
서로에게 생채기를 보탰다

찰랑찰랑

삐걱대던
한 시절이 갔다

치받으며 밀쳐내던
서로의 어긋난 아귀
말갛게 닳아

헐거운 틈새로 밀쳐든
바깥바람이 차다

너는

바지런하고

무던하기도 하지

무척이나 달렸어도

페이스가 여전하구나

한 말뚝에 매여 뱅뱅 도는

길고 짧은 막대들에 쫓기고

깎아지른 벽에 매달려 찢겨나는

파열음에 몸서리치기도 할 테지

연중무휴종신무파업전일근로

그럼에도 만인의 욕받이

좀 쉬어가면 안 되겠니

아님 천천히 가든지

찰
랑
찰
랑

강돌 두 개

다정한 저들, 돌 둘
물가 수북한 돌밭에선
서로의 눈길 밖이었으리

지난여름
몇 마리 피라미와 함께
다릿발 아래서 붙들려 온
둥글납작한 강 자갈

은빛 베드 위엔
그들 둘뿐

무문이요 다문이고
무형인듯 다형이며
무색하게 다채로운
어제와는 다른 돌

날마다
볼 때마다
새 얘기를 들려준다

찰
랑
찰
랑

보영운수

내릴 데가 멀지만
종점 근방이라 비좁은
혼잡 속 안락 착석이다
그도 통로 먼 창 측

빗겨 먼 바깥을 본다
푸른 가을 하늘 속으로
시선의 살이 날아오른다

시선을 불러들인다
고개를 더 돌려 본다
볼에 닿는 서늘한 평면,
눈앞에 가림막이 있었구나

유색 필름 덧대지 않은
밤새 말갛게 씻기워진
온전한 투명 창이

찰랑찰랑

오래된 정원

원기소:
맛난 정제형 성장 사료

바나나우유:
색성향미촉 그리고 너른 품

새우깡:
등이 휘도록 깡으로 버텨온

박카스:
한 병으로 한밤을 건너는

이명래고약:
다시는 못 볼 종기 고름

활명수:
쌉쌀한 탕약형 탄산음료

맛동산:
모이주머니 속 닭발 튀김

월드콘:
브라보콘 조카사위

쵸코파이:
한입에 쏘옥 미니 케잌

찰
랑
찰
랑

명절 미리보기

명절날 댓돌은
차서 넘쳐 내렸다.

할아버지랑 웃어른들
신들이 차지한 아래로
신발가게 난전을 이루었다.

건너 뒷간을 가시려
문지방을 나선 할아버지께서는
당신의 신발을 찾아 신으려다 문득
그득한 신발들을 흐뭇하게 바라보시는
모습을 먼발치에서 훔쳐본 적이 있었다.

아마 지금의 내 손주 놈보다
도어 살 많았을 때였을 거다.

벌초 겸 성묘 했다믄서
의미 없는 연명은 부질없다믄서
차례를 청명허공으로 차버린지라

현관 바닥 더욱 너르고
거실과 방 또한 너르네

찰랑찰랑

상

씹고 또 씹고
소전 소장수는
이빨을 보는구나

소금 바람 머금고
실허게 둥근 양파는
까볼 필요가 없다카이

귀 기울여
똑똑 두드려도 보고
이리저리 둥굴려 가며
모양도 색깔도 살피지만
수박 닮은 머리통은 갸우뚱

빛깔도 좋구만이라

한 입 베어 무니

떫고 시고 씹고

개살구였구나

찰
랑
찰
랑

자신감(1)

황톳빛 누리

터키 시골길 항아리 케밥집
항아리 몸집의 아주머니가
한 판 피자만 한 얼굴을 디밀며,
마누라랑 나랑
누가 더 맛있어요?

눈 깊은 햇늙은이 리포터는
황톳빛 얼굴로 머뭇댄다
이게 민감한 문제라서…

미소 띤 험상으로 재촉한다
묵묵 무응답에 감금 태세다
지켜주실 거죠?
암만!

아주머님이
쬐끔 더 맛있어요
와락 껴안으며 발간 볼을 부빈다

찰랑찰랑

자신감(2)

물이었다
한 점이었다
다가서니 섬이었다

어스름 저물녘에
페인트 단장한 담장을
끼고 돌아 들어섰다

얼룩빼기 호마이카
너른 상 위에 더는
찬 디딜 틈이 없다

차려낸 섬 아낙
그슬린 얼굴을 디밀며
식사 시작 멘트를 날린다

그릇 말고는 다
우리 마을에서
난 거랑게

찰랑찰랑

일곱 시 십오 분

우르르 몰려내려
뒷모습을 보이며
전철 역사로 향합니다

뒷모습만으로
걸음만으로도
앞모습이 보이고
속내도 짐작됩니다

물기 막 가신
머리칼 뒤편은
일회용 스티커가

찰랑대는 물색
블라우스 안에는
채워야 할 빈속이

그리고 그네들
모두의 무표정이

순간,
흘러나는 방송에
후르륵 빨려듭니다

찰
랑
찰
랑

산다는 건

하얀 게
검어지는 거

마음 밭이
살과 젖꽃판이
타들어 간 속이
검버섯 피어난 겉이

검은 게
하얘지는 거

소복했던 머리칼이
초롱하던 눈망울이
들어찼던 머릿속이

타들어 가

희멀건 재로

바스라지는 거

찰랑찰랑

감사(1)

밖을 내다보다
나도 모르게 문득
감사합니다 했다네
하얀색 눈이어서요

하는 수 없이 흰 셔츠로
여린 빗방울들을 받다가
문득 감사합니다 했다네
무색투명한 물방울이어서요

차 없는 아스팔트도
각진 교회 지붕도
지나는 이들 정수리도
고요한 순백 일색이다

비 그치고 해 나니
흔적조차 없다
뒤끝이 없다

감사(2)

감은 눈서
싹이 나서
잎이 나서

밥이 되고
국이 되고
찬이 되고

깡이 되고
칩이 되고
스틱이 되고

종주먹으로
멀어져 가는
뒤통수를 날리기도

찰랑찰랑

옥수수밭

혹은
둘이나 셋
안고 업고 서서
정정하니 당당하다

찰
랑
찰
랑

금연 유감

안 피운 지 도어 달이 되어 간다.
아니, 못 피우게 되었다.
여름이면 겉 겹 걷어내고
으레 반팔 Y셔츠 차림이다.

웬걸 보것트가 없네?
담뱃갑 캐리어가 없다.
남은 두 벌의 구식 셔츠를 빼곤
죄다 민자 절벽 가슴이다.

할 수 없이 즈봉 보것트에
삽입해 보았다. 불편하다.
지갑과 핸드폰에 지전과 동전
그리고 손수건과 그 외 자질구레한
박힌 돌들로 이미 만원이었다.

캐리어가 없어서
못 가져 대닌다.

왜 끊었냐 묻는 이들이 있었다.
그간 입 다물고 있다가
오늘에야 털어놓는다.

역사는 우연의 퇴적물이다.

찰
랑
찰
랑

바다

수심 천만
속내 숨긴
수평의 바다
평등의 바다

오만 산
발아래
물렁한 물산

위 너른
거꾸로 선 산

내리고 내려
우뚝 솟은 산

나그네

발갛게 지친 해
산마루에 걸터앉으니
없는 듯 따르던 그림자
저 먼저 길게 눕네
주막은
저 산 너머인데

찰
랑
찰
랑

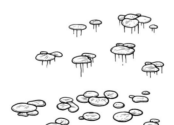

무식과 무모

환경단체의 고발로 제철소 조업을 중단하라는 지자체의 조치가 내려졌다는 보도가 한없는 슬픔과 분노를 자아냅니다.

전공이 금속공학이라, 한때 포스코 특허의 한 분야를 수 년간 전담하면서 포항 공항을 뻔질나게 드나들었으며, 그 후 얼마 동안 당진 일도 했습니다.

몇 달간 하늘의 태양이 비추지 않는다면 세상은 어떠할까요?

제철(steel making)과 제강(steel refining)의 차이를 아시는지요?

국내 제철소는 포항·광양과 당진 단 세 곳뿐이고 제강소는 무수합니다.

제철소는 철광석과 코크스(열원)를 까마득한 거대 장입로에 켜켜이 쌓아 넣고 불을 지펴 쇳물(용탕)을 쏟아내고 이 쇳물을 받아 슬래브재를 성형하게 되는데, 이러한 과정이 다단계의 복잡한 공정이기에 이를 행하는 곳을 일관 제철소라 하고 그 두 곳이 포스코와 현대제철입니다.

현대 정주영 회장의 생전 염원이, 롯데 신격호 회장의 한때 소망이 일관 제철소를 갖는 것이었다는데 못 이루었지요.

산업의 쌀인 철을 생산해내는 제철소는 실로 어마무시한 설비로 제철소를 보유한 나라는 세계적으로도 많지 않습니다.

찰랑찰랑

물론 전기로에서 고철을 녹여 철근 나부랭이 등을 뽑아내는 제강회사야 수두룩하니 널려 있지요.

군 시절 이병 3호봉에 빼치카 화부를 했습니다. 빼치카 일은 탄창고의 탄가루와 황토를 섞어 물 반죽을 만들어선 화구 내 선반 위에 올리고 그 밑에 화목을 지펴 탄 반죽에 불이 붙도록 하는데, 그 작업이 여간 고된 것이 아니기에 빼치카 불을 꺼뜨리게 되면 빼당은 그날로 초죽음이 되죠.

백만 분 내지 천천만 분의 일 정도 빼치카 불이 용광로 불과 비교되려나요.

전 지금도 박 대통령과 박태준 사장이 용광로에 최초로 불을 지피던 사진 속 영상이 활화산으로 머릿속에서 훨훨 타오르고 있습니다.

그때 지핀 용광로 불꽃으로 우리의 삶이 이만큼 피어오른 것이고, 지줌 차를 몰고, 뼈대 철근 심겨진 고층아파트에서 잠을 이루고 있는 것이라 생각하는 한 사람입니다.

용광로는 떡시루입니다.
용광로에서 피어오르는 수증기는 떡시루의 증기만큼이나, 아니 그보다 훨씬 고소하고 그윽한 침향을 머금고 있기에 보이면 달려가 반가이 코를 갖다 바쳐야 할 쌀 찐 내음이지요.

철은 쌀이니까요.

찰랑찰랑

바가지

규봉암 오르는 무등산
칠부능선에서 목마름이 타오를 즈음
광주천 발원 샘 표지와 밥공기만 한
플라스틱 바가지가 반긴다.

이 맛이야!
바가지에 담긴 물은 이러한데
바가지에 마눌의 말이 담기면

자고로
철학의 발원지로
서양은 소크라테스요
동양은 공자라 할 것이라.
둘의 공통점이 또 하나 있으니
살아생전에 마누라 바가지에
엄청 시달렸다는 사실.

둘 다 일종의 사설 학원장이었는데
원생들이 월사금을 제대로 내지 않았거나
모질고 독하게 독촉하지 않았기 때문일 터.

애 키우고 살림하는 아녀자 입장에서야
제집에 쌀 떨어지는 것도 모르고
너 자신을 알라고 떠드는 덜떨어진
서방이 못마땅할 수밖에

찰랑찰랑

글구 공자도 엄청 짜쳤던 거라.
오죽했으면 김수영 시인의
공자의 생활난이란 시집이 있을까.

요즘 말 안주 중 으뜸이
관둔누군 연금이 얼마라드라일 걸

벗어날 수 없는 굴레로다.
돌고 돌아 돈이 아닌
돌게 하는 돈이로다.

찰
랑
찰
랑

혁신

오후의 공대
재료관 강의실
호명과 대답이 이어진다
.

.

.

김혁신. 네!
제정신. ~~~~
제정신 있나?
정신이 없습니다.

졸업 후 근 삼십 년이 흐른
마산의 출장지에서 받아든 명함.
공학박사 제정신이 박혀 있었다.

그 당시 복학생 혁신 형의
이름은 별난 이름의 변방이었다.

혁신이란 기술혁신을 이르는
과학기술계 용어였으나, 작금엔 감염되지 않은
분야를 찾아보기 힘이 들 정도이다.

인사혁신처, 혁신도시, 창조혁신센터, 혁신포럼,
혁신금융, 대한민국 혁신대상, 정치혁신…

찰랑찰랑

혁신이란 아마도
예상되는 변화의 흐름을 크게 벗어난,
즉 몇 단계를 뛰어넘는 돌발적 흐름일 거라 여겨
진다.

마치 계곡을 신나게 졸졸거리며
흘러내리던 냇물이 느닷없이 천 길 낭떠러지를 만
나서 단번에 수십 킬로의 마이너스 고도를 해치운
뭐 이런 게 혁신 개념의 한 자락이 아닐까?

제삼자 인간들이야 이를 폭포라
이름 붙여 좋아라 하지만 당하는 물의
심리적·물리적 충격은 얼마만큼일까?

강물이 시퍼런 건 왜일까?
이때 멍든 자국이다.
그럼 하늘은 왜 파란가?
실은 아래를 내려보고
새파랗게 질린 거다.

너무 빨리 변해가는

세상사는 모습에

.

.

.

새삼

궁금하네

환갑녘 혁신이 형이

찰
랑
찰
랑

이중과세

장재남이
서울 거리에
유실수를 심자 권하고

권인하가
쵸컬릿 색 물감으로
거리를 색칠하자 했을 즈음

우리는
먼 곳 지방의 양묘장을
나서서 서울로 향했지

꽃 피고 지고
그 자리에 맺은 열매
커가는 모습이 기특하기도

투명한 쵸컬릿 빛 웨딩홀

감나무랑 사과나무

접붙이는 날

찰랑찰랑

지상의 모든 건

이 안에 있다

동그란 뱃가죽을 걷어냈다
채곡한 내장들이 분주하다
날카로운 이빨들이 서로를
맞물고 돌아간다 쉴 새 없이

한량한 건 언제나 기둥서방
바큇살 언저리의 톱니들만
먼 데 바깥을 돈다

기둥서방도 나름
피동 기어의 기둥은 피둥
구동 기어의 기둥은 허둥

째각째각 쉴 새 없이
맞물린 이빨이 돈다

만물을 있게 하고
그들을 몰살한 시간을
고개 숙여 들여다본다

찰랑찰랑

엿장수

철컹철컹

구멍 난 고무신이나
깨진 뿌라스틱 바가지
찌그러진 놋그릇
엿 바꿔 드립니다

없는 대문 밀치고 들어
댓돌 너머 대청 아래를
빠꼼하게 열린 헛간을
뒤돌아 뒷간 고샅을
엿본다

제명을 다한
때론 아직 멀쩡한
고물들이 보물로 건네진다
백분 칠한 엿판은 곱기도 하지

오뉴월 물가
수레가 제법 수북하다
그늘 든 너럭바위 위에는
세상 편하게 널브러진
무상관 자영업자
자유다

찰
랑
찰
랑

이 봄에

나를 한탄한다

반갑게 내민
새순과 촉을
봉오릴 감탄한다

부활하는 경이의 낱낱을
이름조차 몰라 불러보지
못하는 무식이 안타깝다

겨우내
분주했을 테지

눈 아래서
언 땅속에서
맨살 찬바람에
가지가지 온갖가지
꼬옥 붙들어 안고서는

대명사로 칭할 수밖에
없는 너희들은

너희들로
나를 한탄한다

찰랑찰랑

목발

한참 만에 염을 마치고
막 덮개판을 덮으렬 때
한쪽 켠에 물끄러미 계시던
어머니께서 한 의견을 내신다

저 구석의 목발도 넣어드려라
저도 너그 애비 육신인기라
암만!

짧아 대롱거린 다리 대신해서
수도 없이 갈아 신은 고무 편자
갈아 신겨 함께 넣어드리자꾸나

먼 길 떠나시는데
홀로 먼 길 떠나시는데

미련

그럴 수 있다
너무 상심 마라
다들 고단하단다
이제 그만
이상은 언제나 미만
그리하여 이상인 걸
미치지 못함에
미치지 말란 말이다

찰랑찰랑

교차로 소나무

이마트가 한 곳뿐인
이곳 소도시의 중심가
초입 교차로 사거리엔
웃자란 듯 껑충한 늘 푸른
소나무 세 그루씩 서 있죠
네 귀퉁이 세모섬에 말이죠

알지와이 신호등 불빛 따라
크고 작은 차가 서고
멈추었던 차가 나아가고
바삐 가던 발걸음을 멈추고
잠시 기다렸다 총총 건너가지요

하늘길 구름 마차는
층층 차선을 따라
잘도 비켜 흐르네

교차로 지킴이
땅 하늘 사이 소나무
오늘도 바쁘다오
하늘길 땅길 살피느라

찰
랑
찰
랑

접촉 사고

아름다움은
풍경 속에 있다.

아름다운 사람은
멀리서 서 있다.

아름다운 사랑은
빗겨 지난 사랑이다.

사랑하는 사람은
옆에 없다.

감은 눈에 비치는
거울 속에 있다.

오늘 아침

오늘도 잠을 깹니다
눈이 떠졌습니다
자리에서 일어납니다
일어나 집니다
거울을 봅니다
어제랑 같습니다
큰 구멍 의자에 앉습니다
개운하게 가벼워집니다
베란다 창을 열어젖힙니다
먼 데서 붉은빛이 광속으로
달려와 와락 안깁니다
감사할 따름입니다
오늘 이 아침이

찰랑찰랑

지식인

두둑 이랑에 한 알 한 알
씨감자 쪽 묻어 재우듯
경지 정리된 빈 글밭에
정성 다해 글 씨를 눌러 심는다

수고하셨어요라는 한 말씀에
마지기 무논 일 이제서야 마친 듯
이랑 없이 고랑만 수북한 얼굴마다
고난과 환희의 교차로를 지난다

이짝으로 돌라앉아
싸질러들 보더라구

글 정적 막 지난
말 소란이 거칠다

공·맹자도 문안하고
노자 주해도 들락거린다
들뢰즈는 파랗게 질려 섰다

찰
랑
찰
랑

외투

이도 저도 아닌 육십이
낼모래 그다음 날이네
들어앉은 지 이십팔 일 째
주중 한낮에 혼자서 서성이는
안방이며 거실과 세간살이들이
낯설고 어째 어색하기만 하다
삼일절 덕에 삼일 연공일 첫날
매달려 설 쉰 쭈구렁 홍시같이
덜떨어진 친구들을 만나려
시내로 드는 전철에 오른다
이제껏 걸쳐 왔던 외투가
갑갑하고 거추장스럽다
내일부터 너도 내짝이다
라고 궁시렁대다가 문득
옷깃을 여민다

채널 여행

연속 리모컨을 눌러댄다
대관령 구길의 핸들이 따로 없다
아내의 성화다
한 프로를 진득하니
볼 수는 없냐고
또 그 소리
듣거나 보거나 말거나
계속 핸들링에 열중이다
방구석에서 여행 중이다
차창 풍경이
생각 없이 다가왔다
뒤끝 없이 사라지듯
흘러보낸다
나를 없앤다
지운다

찰랑찰랑

내려받기

긴 머리 저녀
숙여 경건하게
콘사이스 경전을 읽는 걸까

채곡한 글밭
글 이랑과 사이의 고랑도
골똘하여 훑고 있구나

간간히 흔들리기도
곁 도반과 옷깃이 스치기도
꿈쩍 않고 직립 수행 중이다

경전의 울림도
놓치지 않으려
청진기로 잇고 있구나

홀연

고개를 들어

미소를 짓는다

찰랑찰랑

목련 통신

꽃 몸살을 앓고 있구려

솜털 보송한 전구체 꽃봉오리
잔뜩 거느린 잔가지들이
숨기듯 몸을 낮추곤
순간을 기다리고 있네요

긴 긴 기다림 끝에
섬광으로 지나고 말아
이내 후득 떨어져 내릴
허망함일지라도

수백 자전의 회전수가
끌어올린 압력 게이지 마침내
고갯마루에 올랐어라

앙다문 둥글 무쇠솥 까맣게
달궈진 어둠은 사라지리라
호각 소리 울리리라
흐드러지게 흐트러질
세상의 하얀 소란이 좋아라

찰
랑
찰
랑

적선

퇴근길 역사 건너
버스 정류소에서
마주치던 그였다

오백 원만 주세요

대뜸 옆구릴 찌르곤
정액의 손바닥 청구서를
내밀고 익숙한 수납원의
표정으로 길게 머물던 청년

겨울 한철 안 뵈더니
다가온다

사백 원만 주세요

주머니 속을 한참 비벼
뭉클한 하나 꺼내 내미니
준비된 백동전 한 닢
적선하네

찰
랑
찰
랑

버티기 한판

아슬아슬한
위기의 연속이었지만
찬스가 없었던 것도 아이다

맨몸의 힘겨운 겨루기를
금 밖 몇몇의 기생살이들이
온갖 힘줄을 세워 응원했다

맞잡은 저도 측은했는지
지리한 시간만 어렵게
흘려보낼 뿐이다

이윽고 휘슬이 울린다
옥죄던 끈을 끄른다
운명하셨습니다

시치미

엘리베이터를 내려
현관문을 나서자 두툼한
외투 호주머니에 손을 넣는다
허우적댈 뿐 잡히질 않는다
불현듯 불길이 스치운다
빈속에 짚이는 게 있다
어라, 핸드폰이 없다
뒤돌아 들어 부름 버튼을 누르자
반대편 주머니 속에서 아닌 듯
쥐고 있던 손아귀가 그제서야
실토를 한다

찰랑찰랑

진행형 현재

열 손가락 손톱을,
이어 겨우 수그려
마저 발톱 깎는 나

거울 앞에 서서
거친 뺨을 돌려가며
잿빛 수염을 깎는 나

욕조에 담긴 육신의
헐거운 외피를 문질러
때를 벗겨내는 나

혀 내민 각 의자에 앉아
민망하게 마주 보며
머리를 깎는 나

저리도록 뒤틀어
뒤꿈치에 돋아난
굳은살을 도려내는 나

자라나는 나
깎여나는 나

찰
랑
찰
랑

언행일치

살맛 나는 세상을
부르짖던 그였다

어느 여름

지하철 수사대
조사를 받았다

사내 산에

무표정한 사내
신호등 사거리를 지난다

아침이면
푸른빛으로 다가와
스쳐 배후로 멀어진다

산 오르는 저 사내
마음이 편했으면

또래의 저 이
맘 편했으면

찰
랑
찰
랑

사직서

흔한 일신상의
이유일 수도 있어요
그만 지겹고 갑갑해서요

오늘부터는
배가 좀 고프더라도
육 개월간 고용보험에
못다 부은 적금 보태서
모의에 동참한 친구들과
맘껏 떠들고
가고픈 곳 가려고요

부탁일 수도 있는데요
고용보험 받게 해주실 거죠
사장님

블랙 패널

신체 밖 신체 기관
막 깨달을 듯한 응시
재생 이차저작물 집하장
소통과 단절의 자웅동체
언제나 어디서나 누구에게나

찰랑찰랑

쑥대머리

길가 나무 아래
초롬하니 풀어 내린
녹슨 벽돌 빛 머리채
채서 주먹으로 들이킨다

자욱한 사우나다
미리 봄 내음이다
기나긴 여러해살이

흰 실핏줄 돌아
언 땅 녹여내곤
쑥쑥 밀어 올릴 조짐이다

여러해살이에
또 한 해를 얹은
곧 정월의 길 위에
아침 해가 바알갛게
모닝 인사를 한다

찰랑찰랑

휴일 안국동

세밀한 스나이퍼의
숨죽인 겨눔이 스쳐 가는
안국역 십사 층 건물 지하

늘름·늘씬한 장총 꿰어 차고
돌아가며 가늠선 정렬에
정열을 쏟는다

화승총 심지 달궈
연신 연기를 뱉어내는
유리 가막소 안에서는
단문장답이다

동문이신가요
아니랍쇼
우린 계동 동네 친구라오
지금 꼬누고 있는
조 존만한 조놈이 칠십너인데
열여섯에 집 나갔던 놈이지요
부자라오 여어저어
집이 수 채라오

찰
랑
찰
랑

대원이 대감도
교동 마님도 아니 계시니
행랑아범들 살맛 돋아났구려

나서니 어스름 결
태극 문양 흰 한복 두른
버스 한 대 사거리를 지난다

기차놀이

기차를 처음 탄 건
물금역
중이 수학여행 때였다

그전까지는
까까머리 산중
중이였다

얼마나
신기하던지
도가니 넘쳐나는
대단한 흥분이었다

한글 열차 밀쳐낸
알파벳 열차 안

근 오십 년 전의
심봉사 눈뜬 날이
슬그머니 다가와
옆자리에 앉는다

찰
랑
찰
랑

구인광고

상가 일 층 창유리엔
얼추 달포 간격으로,

신장개업

종업원 구함

손님 구함

주인 구함

사계

변절의
사이를 건너면
여름 혹은 겨울

흙 마른 그라운드
일 쿼터 이십 대 육십
이 쿼터 사십 대 사십
삼 쿼터 육십 대 이십

찰랑찰랑

사막 오장
넷째 막이 오른다
막장이요 파장이다

세렝게티

애야 가면서 말리자꾸나
채 마르지도 않은
몇 번의 넘어짐 끝에
무리 속을 따라 걷는다

우기와 건기가
사계를 대신하는 초원
익숙한 한 떼가 지난다

한 마리 뒤처져 배를 댄다
시선 속에 멀어져 가는 동행
일순 치들어 하늘 향한 고개
툭 떨구니 고만이다

한참을 기다린 조문 식객들
서둘러 연합 장례를 치룬다
독수리와 하이에나
초원의 천수를
하얗게 거두었다

찰랑찰랑

다있소

아침 일찍
가게 앞에 내놓는
철물점 바깥 세간

한 칸 통유리 너머
이목구비 없는
날씬한 자태의 신상

미술 시간
마룻바닥에 손들고
꿇어앉게 했던 빌미

타는, 안 타는 쓰레기
딱지 붙인 쓰레기
음식물 쓰레기
이들의 배후

ㅋ ㅋ ㅋ

클릭 클릭 클릭

찰랑찰랑

극비무료교육

극비리에 무료교육을 한다며
왕래 분주한 가로수 사이에
프랑카드를 매단 건 뭐람

고용노동부 주관이라며
극비로 부치고 해야 하는
배경이 뭘까

비밀의 실마리를 찾으려
세상 속으로 곤두박질치고
연신 세상을 뒤로 밀쳐 내는
내연기관 창밖을 골똘한다

마침 지나친다
간밤에 비밀 보안이
해제되었나

한 점 바탕색
마지막 잎새가
떨구고 간 극 과 극

찰
랑
찰
랑

동문 산행

오르내린 계단만큼
기수로 모여 앉은
산행 뒤풀이

건너 나란한 후배 열
간혹 암봉 지나는
백두(白頭)대간이네

몇 순배로 순대 채운
마주한 동기 놈의
겨운 랩소디
또 나올 무렵

자칫 잘못에 날벼락
뿜어 대는 마누라 닮은
푸른 병에 하얀 위장밥을
달래 개봉하여

모자 바꿔 쓴 이들 소복한
앞자리로 옮겨 가선
그간의 용서를 빌며
한 잔씩 부어 드렸네

찰랑찰랑

스케쥴드

.

.

드문

.

.

드문

.

.

문안 인사를 드렸다

.

.

문병을 했다

문상을 다녀왔다

문밖에
누군가 왔다

찰랑찰랑

들길에서

멀리서 내려
접어든 들길

걷노라면
밀려난 잔자갈
질척 길가 질경이

걷노라면
갈래로 패여
등짝 드러낸 주먹돌

걷노라면
푸르른 지평
끝 간 데 없는 허공

들에서
들과 둘이었다
들이 되었네

찰
랑
찰
랑

뒤를 보다

땅거미 나뭇등걸을
타고 오르는 저물녘
멈춰 서서 뒤돌아
내려본다

요행으로 세워놓은
직각 삼각자의 긴 빗변
직진 상행의 자폭 외길을
쬐끄만 개미들이 오르고 있다

마침내
다다른 정상,
깎아지른 외통 절벽이다

지우개와 연필

백설기보다 하얗고
연병장만큼이나 담담하며
견줄 것 없이 반듯했지

멀끔한 허우대에
반질한 흑심을
품고 있었을 줄이야

그도 덕이려니
이제사 모진(耗盡) 몸에
먹물 옷이 편하다오

찰랑찰랑

단지 재개발

우라질
경축할 일이더냐
저 죽는 걸 경축하자고
맞잡고 펄럭이고 있다니

매정하기두 하네
배냇머리 흰머리 되도록
우리 함께 하지 않았는감

이제 와
지들 살자고
지들만 살자고

우린 어쩌라구

손모가지 잘리고
몸뚱아리 베여 뒹굴고
끝내는 파고드는 포크레인
손아귀에 뿌리째 뽑히겠지

공구리 박스 떼기
저들은 부활한다드면

나무관세음
나무관세음보살

찰
랑
찰
랑

산문답

숫돌 비빈 조선낫도
잔 이빨 잔뜩 머금은
강철 톱도 두렵지 않다하네

불구대천 산적
아궁이 아가릴랑
무섭지 않다하네

잠자코 버텨 서서
더는 대답이 없이
진땀을 내린다

터널증후군에
시달리고 있구려